目下のところ

ogasawara makoto

小笠原眞詩集

ふらんす堂

目次

詩集　目下のところ

目下のところ

齢を重ねるたびに
連れ合いから
そして知人からも
お父さんに似てきましたね
と言われるようになった
嬉しいような
否
恥ずかしいような
誇らしいような
哀しいような

不思議な気持ちである
親子であるから
外見は遺伝子学的にも
似てくるのは当たり前なのだが
ふとした表情や歩き方
感情の噴出の仕方や指向まで
自分でも似てきたことを
認めないわけにはいかない
父とは亡くなるまでの
十六年間を一緒に過ごしたが
野球は大のイチローファン
ＢＳで欠かさず応援していた
今のぼくは大谷の二刀流に
ぞっこんハマっている

ところでぼくの新婚旅行はハワイ
パスポート申請時に
運転免許証が失効していたことを
指摘されたのである
もう一度取り直したのだが
職場の上司からも呆れられた
にがい苦い思い出である
しかし後年弟が同様に失効
さらには父までもが失効していたことを知り
さすがに呆然自失
目下のところ
二人の息子は安泰なのである

詩はどのようにして生まれるのか

ぼくが以前在籍していた
詩誌「朔」を主宰する圓子哲雄氏は
「詩は、雷の如く天から降臨するものだ」
と初めてお会いしたときにお話しされた
そんな神がかりな経験はぼくにはなかったので
驚きのあまりあんぐりと
口を開けて拝聴してしまった

氏のように
詩が降臨するのを待っていたら

ぼくの場合はいつ詩が誕生するのか
わかったものではない

ぼくの作詩には
もっと切実なものが必要で
例えば締め切りや
詩集刊行に向けての強い意志が
トリガーとなり
現在おかれた事象や行動と
過去の記憶の海とが
絶妙に絡み合い
特殊な化学反応をきたしたときに
最初の一行が生まれる

しからばこの最初の一行は
どこから生まれるのであろうか
田村隆一は以前
雑誌「鳩よ！」のインタビューで
詩とは何ですかと質問されて
「最初の一行は神様が書き、
二行目からは人間が書く」と答えているが
そういった意味合いにおいては矢張り
詩は神がかりな分野に属するのだろうか

ならば
推敲こそ人間業を発揮する本来の場なのかもしれない

鷺の恩返し

昨年は近くの白鳥の飛来地に
一羽もその姿を認めなかった
こんなことは今までに一度もなかった
温暖化の影響なのだろうか
その代わり韓国のとある飛来地には
例年の三倍もの白鳥が越冬に訪れたという
成程さもありなん

そう言えば数年前から十和田の地でも
田んぼの周りに鷺の姿を

頻繁に見かけるようになった
ダイサギやチュウサギ　コサギなどの
白鷺と呼ばれる鳥たちが主だが
時折アオサギを見かけることもある
まだその数は少なく珍しいので
路上に車を止め白い鳥を見ることになる
正に字面通りの観察の仕方と言えよう

数年前の真夏のことになるが
朝一番　妻が障子を開けると
広いベランダに大きな鳥が座っていて
こちらを睨んでいるというのである
白いが灰色がかっていて
大きさから考えると

鷺に違いない
しかも幼鳥のような気がする
我が家は三階にあるのだが
ちょっと一休みをしている
という感じでもないのだ
どうやら羽を怪我して
飛べなくなったようなのだ
近づけば走って逃げてしまうし
水や餌を置いても見向きもしない
このままでは熱中症で
息絶えてしまうのも時間の問題だ

意を決して
大きな紙袋に長い紐を結び付け

捕獲作戦を決行したところ
なんとか三階から地上に
救出することができたのだ
レンジャー作戦大成功

ところが件の鷺は
困難な救出作戦に恩義を感じることもなく
脱兎のごとく走り去ってしまったのだ
飛べないが逃げ足だけは超一流の
一瞬の出来事であった

詐欺にご用心
当然鷺の恩返しは
期待してはいけないのだ

装幀思案

詩集は勿論読むためにあるものだが
見て触ってその質感を楽しむものでもある
字の配列　色　大きさ　重さ　肌ざわり
読者は全身全霊の感覚を動員して
十全に味わい尽くすべきである

例えば昭和二十三年九月一日発行の
金子光晴の詩集『蛾』は小實三義の製本で
和紙で製本しているせいか極端に軽く
表と裏の見返しに田川憲による巨大な

えんじ色の蛾の装画が描かれており
開いた瞬間ドキリとしてしまう
詩集全体の意匠が「蛾」なのだ

昭和四十六年六月十五日に発行された
香川弘夫の詩集『猫の墓』を
渋谷の〈ぽると・ぱろうる〉で
購入したときは感動で手が震えた
柵山竜司が装幀したあの木肌の表紙に
朱色の文字で描かれた「猫の墓」
叙事詩的呪詛の世界に慄くばかりだ

平成十三年八月一日に発行された
清水恵子の詩集『あっぷあっぷ』

この折本詩集はまるで分厚い経本だ
いやケースに入った羊羹一棹のお中元か
御仏の教えを乞うように捲りながら
激しい恋に溺れる男女の如く
昇天するのもこれ一興か

そして平成二十一年三月十五日に発行された
菊地信義の著書『装幀思案』では
なんとぼくの第二詩集『あいうえお氏ノ徘徊』の
装幀についても紹介されているのだ
装幀者はふらんす堂の君嶋真理子さん
「表紙はグレーのベタ刷り」
「背中にしょぼくれた羽を付けた天使のカット」
「色や材質感の取り合わせ」は「いずれも軽妙で洒脱」

「見事な装幀に舌を巻いたものだ」とある
拙い詩集に華を添えてくれた君嶋さん
全くもって感謝の言葉しかない

郭公

もうすぐ初夏
早朝の郭公が鳴く季節
鳥の鳴き声では
ぼくにとってこの鳥が一番で
山々から長閑に響き渡る
その大らかさが好きだ
閑古鳥や呼子鳥の異名もあるけれど
鳴き声に由来した命名に違いない
過去過去過去と二度鳴きすれば
未来に転ずる

鳴き声は長閑だが
生活態度は芳しくない
育児放棄の托卵は夙に有名だ
オオヨシキリ　ホオジロ　モズなど
様々な鳥の巣に托卵するのだが
その際には巣の中にあった卵を
ひとつ持ち去って
数を合わせる念の入れよう
そして仮親に見破られないよう
その鳥の卵に模様を似せる
能力まで持ち合わせているのだ

郭公の雛もたちが悪い

巣の持ち主の雛より早く孵化し
持ち主の卵や雛を巣の外に放り出し
自分だけを育てさせる
それにしても
全く哀れな仮親とその雛鳥たち

郭公親子はならず者
親も親なら子も子なのだ

何故　郭公は托卵するのだろうか
それはこの鳥は体温保持能力が低く
体温変動が大きいためだと言われている
つまり
変動の少ない他種に抱卵してもらった方が

繁殖に有利になりやすいという訳だ
だとしても　郭公は
とんでもない親子鳥だ

タイムロス

人間の移動手段は
歩くから
車
列車
飛行機へと
如何にタイムロスを
少なくする旅だったかと言える
無駄だと思われた移動時間は
徐々に短縮されてゆき
ベンジャミン・フランクリンの

Time is money は金の言葉
考える輩と言われた人間は
考えることもなく
あっという間に目的地に着き
あっという間の時間に追われている
今や
文庫本片手に
各駅停車の旅なんて
骨董品の部類であろう
否
むしろ贅沢な
時間の過ごし方か

ＡＩの生みの親である博士が

その危険性に警戒を促した
人間の利便性を追求した頭脳が
人間の生活を脅かすというのである

あらゆる科学は
人間の利便性を追求し
タイムロスを減少させるための
ベクトルに力を注いできた

果たしてタイムロスの減少は
人間の幸福に繋がるのだろうか

今年から
メジャーリーグでは

ピッチクロックが導入され
タイムロスが撲滅された
なんと
投手も打者も観客も
考える時間を剥奪されたのだ

続・ぼくの在籍した同人誌

これまでぼくが在籍した同人誌は
たったの二つだけであった
それが今度
三つ目の同人誌「亜土」に入会することになったのだ

最初に入会したのは
盛岡の「百鬼」という同人誌で
一九八〇年の七号からの入会
次は八戸の「朔」という詩誌で
二〇〇九年の一六五号からの入会である

そして今回の弘前の「亜土」は
二〇二三年の第三次第一一七号（通算一六五号）
からの入会とあいなった

二〇一五年に「朔」が終刊となってからは
ぼくはずっと無所属であったのだが
上十三医師会誌にだけは毎号
二篇の詩を掲載し続けていた
この機会がなければ
ぼくは詩を書くこともなかった
ぼくの機会詩は
締め切りが必要なのだった

詩誌「亜土」は一九六五年

泉谷明と山田尚によって創刊された
敬愛する泉谷氏は二〇二〇年に他界
ぼくは泉谷さんに一度だけ会ったことがある
それは二〇一四年の
藤田晴央さんの三好達治賞を祝う会だった
泉谷さんはしっかりとぼくの両手を握りしめ
「詩を書きなさい」と何度も何度も
語り掛けてくれた

ああ　泉谷さんがぼくに
詩を書く機会を与えてくれたのだと
そう思わずにはいられなかった

墓碑銘

諏訪優ほどの墓フェチではないけれども
次男が三鷹に住んでいたころ
禅林寺の太宰治のお墓を
訪れたことがある

手を合わせ
あなたの『人間失格』を
中学のとき読んで
文学に興味を持ちました
今は詩を書いています

と報告してみた

ついでに
向かいの森林太郎の墓にも手を合わせ
あなたの作品はあまり読んではおりませんが
ぼくも本業の医師を続けながら
今は詩を書いています
と呟いてみた

ぼくの詩集は言ってみればお墓
タイトルは墓碑銘である
時をこえて
いつか誰かと
こんな対話ができたらなあ

熟成詩

魚は少し寝かせたほうが
美味しいとよく言われるが
これは寝かせることによって身の中の
アデノシン三リン酸という成分が
イノシン酸という旨み成分に
変化するからなのである
これが熟成魚である

また熟成肉の方だって
一定期間低温で保存することによって

肉の質感や味が変化し
美味しくなると言われている
しかしこれは
肉自体が自己消化され変質し
ピラジンという物質を発生し
このピラジンが加熱により
香ばしい香りを発生するためで
熟成魚のように
旨み成分が増加する
ためではないらしい

ところで
一晩寝かせたカレーは美味しい
は今や常識と言ってもよいだろう

これは一晩寝かせることによって
具材の旨み成分や甘み成分が
ソースに溶け出しコクを深め
カレーのスパイスが余熱で熟成し
奥深い香りと風味を生むからなのだ

他方我ながら傑作だと思った詩篇が
翌朝駄作だったと気づくことは
ぼくの場合往々にしてあることだ
推敲魔　推敲の鬼と言われた
山之口貘さんは
詩一篇を仕上げるために
二百枚から三百枚の原稿用紙を
屑にしてきたという話は有名である

つまりぼくが結局言いたいのは
どんな詩でも推敲を重ねると
良くなるという原則は
本当なのだ

ぼくの在籍した同人誌

これまでぼくが在籍した同人誌は
たったの二つだけである
それは如何に寡作であったかの
証左にもなろう

最初に入会したのは
盛岡の「百鬼」という同人誌で
一九八〇年の六号に寄稿させていただき
同年の七号から正式の会員となった
ぼくは医学部五年の学生で会費は半額

この同人誌は創刊が一九七七年で
東野正氏と岩井光和氏が中心となって結成し
盛岡の若い詩人たちが集った自由闊達な同人誌であった
作品は自由詩のほかに課題詩も載せたり
同人主催の「講演とディスカッション」を企画したり
美術や演劇などの詩以外の芸術をも大いに論じ
同人間の交流も極めて活発であった
同世代の同人から受けた詩的刺激は
正に計り知れないものがあった
ぼくは常に孤高の前衛詩人たらんと
才能もないのに虚勢を張っていたように思う
夜は満月に向かって
朝は太陽に向かって
咆哮し続けていたのかもしれない

そして二〇〇〇年十二月三十一日の二十二号を最後に
「百鬼」は自然消滅してしまった

次に入会したのは
八戸の「朔」という同人誌である
圓子哲雄氏が一九七一年に創刊し
ぼくは二〇〇九年の一六五号からの参加である
実はこの入会には不思議な先祖の縁が絡んでいる
圓子家は士族の出であり五戸の南部藩出身である
廃藩置県で圓子家の人々は縁者を頼って全国に分散
哲雄氏の父・経雄氏はなんと
ぼくの実家に寄寓していたというのだ
ぼくの祖父・亀一はまるで兄弟のように
小学校時代を共に過ごしている

そのことをぼくは哲雄氏の手紙で初めて知ることとなった
そして哲雄氏は小笠原家に恩義を感じてなのか
「朔」へ何度も入会のお誘いを受けることとなったのだ
しかし「朔」は「四季派」の同人誌
明らかにぼくの作風と違っていたのである
前衛的な詩で「朔」のイメージを損ねてはいけない
ぼくは頑なに入会を固辞していたのだが
哲雄氏の度重なる熱意に負けてしまったのだ
つまり氏のご厚意を素直に受けることにしたのだ
当初は詩を一篇だけ載せるつもりでいたのであるが
急遽鷹觜達衛氏の画集『北国を描く』の書評を依頼され
それ以来思ってもみなかった詩人論を毎号に
掲載することとなっていったのである
そしてそれが『詩人のポケット』とその続編へと

発展していったのを今思えば何とも不思議な邂逅であった
哲雄氏が体調を崩され残念ながら「朔」は
二〇一五年の一七九号をもって終刊となった
以来ぼくは無所属だ

どんな詩も

すべての詩は
記憶というマテリアルから
紡ぎだされるというのは本当だ

記憶の海
それは個人の個性である

見たこと
聞いたこと
触ったこと

読んだこと
味わったこと
嗅いだこと
感じたこと

が

つまり体験したことが
記憶の海を形成する

だから
十人いれば
十通りの記憶の海が存在する

記憶の海から
掬い上げられた言葉たち

言葉そのものには
個性はない

だがその言葉が
どんな状況で選ばれるのか
どんな記憶から掬われるのかで
詩に個性が生まれる

言葉の配列は
詩作の技術論に過ぎない
どんなに技術が優れていても

いい詩が生まれるとは限らない
いい詩とは感動する詩である

反対に
技術がなくても
豊饒な記憶の海があれば
詩に深みが生まれることだってある

つまるところ
詩は体験なのだ

じーじは？

以前テレビで
男女の相性を体臭で
検証する番組を見たことがある
詳細はもう忘れてしまったが
若い男女五人ずつが
ガラス瓶に入った使用済みの
異性の靴下の匂いを嗅いで
好ましい匂い
あるいは嫌ではない匂いのものを
選択するのである

もちろん誰の靴下かは
伏せられている

すると
匂いの好感度は
事前に調査していた
容姿の好感度と一致しないのである

なんと
遺伝子情報が最も遠い存在の人同士が
惹かれあうという結果であったのだ

これは
神様が考案した

一筋縄ではいかない恋愛の
仕組みだったのではなかろうか

ドラマかなんかで
若い娘が
お父さんの下着は臭いなどと宣うのは
きっと遺伝子情報が近似しているからである

あまり女性に好かれたことのない
ぼくなのだが
不思議と孫娘のすずには
好かれているようなのだ

まだ言葉を発する前から

じーじのことを見ると
にっこりと微笑んでくれたし
最近ではテレビ電話でぼくが映っていないと
じーじは？　と捜してくれるらしいのだ

ばーばは不思議だと言いながら
嫉妬しているのだが
それもこれもみんな
すずがばーばから貰った
遺伝子のお陰なのだ

そうとしか思えない事象であれば
ばーばには感謝感謝感謝

忍ぶ川

昭和四十八年九月二十九日
県立八戸高等学校創立八十周年記念式典が挙行され
四十二歳の三浦哲郎が登壇し記念講演を行った
ぼくは十七歳になったばかりの高校二年生であった
小説家と言われる人に出会った最初の日であった

彼は新制高校になってからの一期生であり
部活は籠球部で「はやぶさの哲」と呼ばれた
中学の時初めて読んだ小説が『人間失格』
以来小説家を志し県で初めての芥川賞作家となった

同じ高校に部活そして初めて読んだ小説も同じなら
ぼくも簡単に小説家になれるような錯覚を抱いた

講演では彼の永遠のテーマである
滅びの血と鎮魂について語ったのだろうが
そんな暗い話は二の次として
小説家ってかっこいいなあと憧れを抱いた
文学にかぶれた最初の出来事である

三浦哲郎と言えば『忍ぶ川』
（志乃をつれて、深川へいった。
識りあって、まだまもないころのことである。）
の冒頭は何ともしびれる一行である

三浦文学の骨格はこの抒情溢れる私小説からなるが
この作品が映画化されたのは昭和四十七年である
監督は熊井啓で主演は栗原小巻と加藤剛
東宝創立四十周年記念作品として製作された

深川に二人が向かう電車の場面からこの映画は始まる
そしてラストのシーンは新婚旅行の汽車の窓から
「ね、見えるでしょう。あたしのうちが!」と
志乃が感極まって叫ぶ場面で終わる

小説の映画化と言えば原作とかけ離れたものが多いが
これほど忠実に再現された作品は珍しい
モノクロ画面に刻まれた清冽で一途な愛に

ぼくは思わず涙ぐんでしまう
三浦文学の原点がここに見事に再現されているのだ

平成三十年五月二十八日
三浦哲郎をこよなく愛する詩人の井川博年と
八戸市立図書館の「三浦哲郎文学コーナー」
八戸市公会堂前の三浦哲郎文学碑や
はっちの「三浦哲郎ライブラリ」を見て回った
井川さんは郷土に愛される哲郎をしきりに
彼は幸せだねとおっしゃるのだった

引き算から生まれる幸せ

自分の周りを見渡せば
なんと多くのもので
溢れていることだろう
必要なもの
不要なもの
過剰なもの

もののもののもの
物欲から生まれた物の世界

増えすぎた物の中で
時に途方に暮れることがある
物の洪水の中で
溺れそうになることがある

幸せは
足し算から生まれると
そう思い込んできた

事実何もないころは
それが幸せの基準であった

あれもこれも
ないものばかりで

空虚だったのだろう

足し算の幸せは
若さの特権だったのか
傲慢だったのか

この地球に
物があふれだし
土壌も海も
自浄作用を失いつつある
プラスチックの塵
核の塵
塵だらけの地球

塵に汚染される生き物たち
塵に埋もれる生き物たち
塵を作り出した人間
生き物たちを
汚染する
人間

地球が悲鳴を上げている
自然が悲鳴を上げている
生物が悲鳴を上げている

そろそろ
地球規模の
断捨離が必要なのだ

ぼくの家

今はもう取り壊された
ぼくの家が十和田市にあった
小さな玄関が東向きにあって
その前に狭い水路が水を湛えていた
玄関の脇には客間があって
磨りガラスから差し込んだ陽光が
本棚に降り注いでいる
その光景が
ぼくの人生における最初の記憶である

居間には南側に縁側が続き
小さな庭が望まれた
鬱蒼とした緑一面の庭で
夏は涼しい風が吹いた
縁側の突き当りには
五右衛門風呂のような風呂場があり
石鹼は目に沁みるし湯は熱いしで
いつも大泣きしたことを覚えている
ぼくの風呂嫌いはきっと
この時に形成されたのだろう

この家の北側半分は
裁縫の先生が間借りしており
ぼくと同い年の

女の子が同居していた
その子はとても活発な子で
喧嘩をしてもとてもかなう相手ではなく
無抵抗なぼくはいつも
大声で泣いていたという

二歳頃であろうか
ぼくはこの家の前の水路に
遊んでいて落ちてしまった
そのまま流されて行って
地下水路に飲み込まれる寸前に
それを遠くで見ていた山田衣料店の
おかみさんに救出されたのだ

その後も何度か溺れる経験をしたのだが
ぼくはよっぽど河童に好かれているようだ
遠野のカッパ淵にお参りしてからは
水難の相は消えたかに思うのだが
さてどうだろうか

小学校入学前に
ぼくはこの懐かしの家を出て
旧十和田湖町にあった父の実家に転居した

ぼくの家は
今　ぼくの
記憶の中にしかない

杜のすず

反戦・抵抗詩人の金子光晴には
初めての孫に贈った詩集
『若葉のうた』がある
序の詩に掲げられた「森の若葉」は
十四文字二行八連の定型詩であるが

　なつめにしまっておきたいほど
　いたいけな孫むすめがうまれた

で始まり家族愛に満ち溢れている

森家の初孫に捧げるうたなのである

当初　反戦の詩人がこういう詩を書くとは
堕落であると非難されることもあったが
ぼくはそうは思わない
実の父母に捨てられ
前代未聞の放浪の旅で妻を引き留め
息子を徴兵忌避で必死に守り
命がけで繋ぎ止めた家族の絆の結晶が
若葉であったのだ

小笠原家の初孫は
杜の都仙台で生まれたすずちゃんだ
若葉ちゃんと同様に

あくびもくしゃみもしゃっくりも
大きなおならも黄昏泣きもするが
そして
まだまだ小さいけれど
みんなの希望の星なのだ

バーバといっては祖母が喜び
ママといっては母が喜び
パパといっては父が喜び
ジェージェとうまくいえなくても
祖父は喜んでしまうのだ

遺伝子の連鎖は
ある意味奇跡なのだ

みんなの夢を乗せて
すくすくと育ってほしいものだ

願わくは
戦争のない時代が
永遠に続きますように
すずとみんなのために

井川さんの八戸旅

ぼくの敬愛する詩人井川博年さんの
第五詩集『待ちましょう』には
「八戸記」という散文詩が載っている
昭和三十八年五月に八戸市・鮫の埋め立て地で
弱冠二十二歳の井川さんは一年半もの間ひとりで
漁連の冷蔵倉庫建設の現場監督を務めたのだ
その日の仕事をひととおり済ませると
蕪島近くの「ポッポ食堂」で毎日酒を飲み
食事をしたと詩には書いてある

そんな懐かしの八戸に
五十五年ぶりに訪れることになったのだ
北上市日本現代詩歌文学館での
理事会と贈賞式のあとに十和田にも寄り
八戸旅に出かけるとの連絡があったので
ちゃっかりとぼくも家内同伴で
同行させてもらうことになったのだ
そしてお友達の八木幹夫さんも一緒の
ぼくにとっては夢の八戸旅とあいなったのだ

井川さんはできれば石田家旅館に
泊って当時を偲びたかったのだが
あいにく石田家は先の震災で被災し
解体され今は原っぱになっているらしい

それでもその跡地を訪れたいというので
詩人の上條勝芳さんにその住所を教えていただき
グーグルアースで検索し行ってみると
そこは確かに原っぱになっていた
そして「こんなに敷地が狭かったかなあ」と井川さん
今度は石田通踏切の方からその跡地を眺めてみると
「そうだ、こんな感じに海が見えたような気がする」と

でもお目当ての漁連の冷蔵倉庫はどこなのだろう
せっかくだからと海に向かって右の方に下りてゆくと
古い大きな倉庫は建ってはいたのだが違う
半世紀以上も過ぎているのだから現存は無理か
しかし井川さんは諦めきれない
さらに歩いてゆくとなんと右奥に巨大な廃墟が現れたのだ

近づいてゆく井川さんが震えるような声で
「この建物です」と言った
ぼくたちは思わず絶句し見つめあった
まさかこんな奇跡が起こるなんて
三階建ての巨大冷蔵倉庫
八戸漁連の看板の文字はほとんど
判読不能なほどに脱落していたが
不思議なほどぼくらには難なく読めてしまったのだ

井川さんは本当に感無量だったに違いない
今にも零れ落ちそうな涙を湛えた井川さんに
八木さんと家内はとうに気が付いていたのだが
カメラの液晶画面を覗いていたぼくだけが
不覚にもその涙に気付いていなかったのだ

ハカ

ラグビーのＷ杯でオールジャパンが
世界ランキング二位のアイルランドを
破った快挙は日本中を歓喜の渦に包み込み
なおかつ衝撃ニュースとして世界中を駆け巡った

一方世界ランキング一位で
三連覇六度目の優勝を目指していた
あのオールブラックスが
イングランドに大敗してしまった
番狂わせは往々にして起こるものだが

今回のオールブラックスは何故か精彩がなかった
その理由をつらつら考えてみれば
あのハカ奇襲しかぼくには思いつかなかった
試合前のあの有名なハカダンスを
イングランドはＶ字隊列で取り囲んでしまったのだ
ハカの魔力を Victory の奇襲で封じ込めてしまったのだ
白と黒の見事な配列
囲碁であれば明らかに白の勝ち

ハカは
ニュージーランドの先住民族である
マオリ族の戦士が戦いの前に
手を叩き足を踏み鳴らし

目を剝き舌を突き出し
自らの力を誇示し相手を威嚇する舞踏である

クライストチャーチにある
ウィローバンク野生動物公園には
マオリの文化を体験できる施設が併設されており
ここで披露されるマオリ・ショーは
とてもパワフルな伝承芸能だ
マオリ族の慣習となるタトゥーの
メイクを顔に施した若い男女が
民族衣装に身を包み声高らかに歌い踊る
ぼくにとっては初めてのハカ

ニュージーランドには

今でも全人口の15%にあたる
マオリ人が暮らしている

先住民族であったマオリ族と
ヨーロッパの入植者との間に
壮絶な紛争が繰り広げられたことは
確かに歴史が物語っているが
今は見事に融合している

ぼくが住むトワダも語源はアイヌ語と言われている
日本の国会はなんと平成三十一年四月になってようやく
アイヌ民族を日本の先住民と認めて
アイヌ民族支援法を制定したのだ

負の遺産

アンコール遺跡群が正の遺産だとすれば
トゥール・スレン虐殺犯罪博物館は
明らかに負の遺産だ
この地は
クメール・ルージュ支配下において設けられた
政治犯収容所だったのだ

外見は小学校で一見のどかに見えるが
中に入ってみると煉瓦で区切った
半畳余りの狭い独房や排泄のための弾薬箱

様々な拷問に使用された器具が並んでいた

一九七六年から二年九カ月の間に
約二万人がここに収容され
生還できたのがそのうちたったの八人だけ
この空間において
如何に厳しい尋問と
凄惨な拷問という名の
処刑が繰り返されたことか

ポル・ポト政権は革命の名のもとに
二百五十万人のプノンペン市民を
財産を没収し農村に強制移住させたのだ
再教育の名目で過酷な労働を強制し

不満を述べたものは政治犯とされ
拷問を受けたあと次々と処刑された

公務員　医師　教師　事業主などの
いわゆる知的職業につくすべての人たちは
根こそぎ収容所送りとなり処刑されたのだ
最後は外国語を話せる人は勿論
眼鏡をかけているだけで
字を読めるだけで
収容されてしまったという

さらに
宗教団体や民族少数派集団
病人　身体的弱者　障害者　老人というだけで

排除の標的にされたという

ポル・ポト政権の一九七五年からの五年間で
およそ百六十五万から百八十七万人の
何の罪もない人々が殺されたのだ

その数　全国民の四分の一

今からたった四十年前の出来事であった

桜ソング

桜は日本の国花と言われるだけあって
桜前線が近づいてくるとそわそわする人が意外に多い
古《いにしえ》から短歌や俳句にも詠まれ
桜こそ日本人に最も愛されている花なのだ

「いにしへの奈良の都の八重桜けふ九重ににほひぬるかな」
は伊勢大輔の有名な歌だ
天皇に献上された八重桜を受けとる役目を紫式部から突然譲り受け
その思いを藤原道長に即興で詠むように命じられ披露した歌だと言う
彼女の才智もさることながら

この歌の豪華絢爛春爛漫なこと

最も有名な桜の歌はやはり桜の歌人西行の
「願はくは花の下にて春死なむその如月の望月のころ」だろうか
旧暦二月十五日の満月の頃
つまりお釈迦様が入滅したその日に
花と月に愛でられながら死にたいという彼の願いは
たった一日違いの二月十六日に成就されたと言うから
いやはや全くもって天晴れだ

俳句では芭蕉の
「さまざまの事思ひ出す桜かな」が
さらりと書かれた句であるように見えるが
侍の道を捨て脱藩までして俳諧への道を決意させた桜であるがゆえに

胸に迫りくるものがある
故郷伊賀の桜を彼はどんな思いで見つめたことであろう

戦時中は「同期の桜」という軍歌が盛んに歌われ
桜の散華の美学を潔い軍人の戦死として
美化する表現に用いられたことは
甚だ残念でならない

最近は桜の時期になると
様々な桜ソングが街に流れる
名曲はケツメイシの「さくら」
河口恭吾の「桜」
森山直太朗の「さくら」
コブクロの「桜」と枚挙にいとまがないが

日本中が桜色の恋の歌に包まれる
幸せ色に包まれる
一番好きな歌は
と問われればケツメイシの「さくら」だが
軽快で爽やかな歌声「さくら舞い散る中に
忘れた記憶と君の声が戻ってくる
吹き止まない春の風あの頃のままで
君が風に舞う髪かき分けた時の淡い香り
戻ってくる」が何ともいい
「ケツメイシ」は下剤などに使用されている薬草だと言うから
そのギャップも何とも愉快ではないか

歌詞の引用（ケツメイシ「さくら」　JASRAC　121-3710-3）

人生は

人生はなるようにしかならない
というのが父の口癖だった

父に何事かを相談して
この言葉が返ってくると
いつもぼくは
少しがっかりしてしまうのだった
それは何故かちょっと投げやりで
諦念を含んだ言葉にしか
聞こえなかったからだ

何の解決をも導かない
そんな言葉に
少なくともぼくは
苛立ちを覚えるのであった

そしてその後にはいつも
人でも物事でも
決めつけてしまうことは良くないよ
と補足するのであった

人生どんなに頑張っても
どうにもならないことがままある
そんな時途方に暮れてしまうのは

誰にとっても
仕方がないことであろう

時にはそんな状態が
何日も
何カ月も
何年も続くことがある

心に刺さった棘が
いつまでもいつまでも
チクチクと痛む経験は
誰にでもきっとある筈だ
でも諦めてはいけないのだ

そこがどんなに昏いどん底であっても
一ミリでもよいから這い上がる
努力をしなければいけないのだ

そして人事を尽くして天命を待つ

願いは叶うのであろうか
それは誰にもわからない

でも本当に
なるようにしかならないのだ

ねえ　そうだろうと
天上の父は笑うのだった

遺跡巡り

気温三十八度　体感温度四十三度の
炎天下の灼熱の大地を
リュックをしょって
ミネラルウォーターを握りしめ
黙々と歩いて行く

遠くに見える
巨大な石造寺院
九百年も前の大昔に建造された
遺跡に向って黙々と歩いて行く

ヒンズー教と仏教が混在した
広大な遺跡群は数々の戦争や争い
宗教間の対立があったにもかかわらず
何百年の歴史の風雨に堪え
ここに現存するということは
驚くべきことだ

太古
これらの巨石を
象と人力で運び込み
積み重ね積み重ね
密林の中に広大な
都市を建設したのだ

人々は
気の遠くなるような時間の中に
何代にもわたって
レリーフを彫り
石像を作りあげていった

ここアンコールワットには
二十万人の人々が暮らし
王朝は六百年以上の繁栄を
誇ったという

三日間で
一年間分の汗を流し

一歩一歩踏みしめるようにして歩く
体中の水分が全部
入れ替わったような爽快感がある
生まれ変わったような爽快感だ

旅の基本は歩くことだと
当り前のことを今回
当り前にそう思った
そんな忘れていたことを
嚙みしめながら歩いたのだ

カンボジアの人はみな優しい
穏やかな人たちばかりだ
暮しはまだ豊かではないが

皆のんびりとしている

シェムリアップの人たちは
仕事が終わって
涼しくなると
遺跡の周りに家族で出向き
古代の神々とささやかな饗宴を
今でも楽しんでいるのだ

景福宮

李朝時代の正宮「景福宮」は
ソウル市内の五大王宮の中でも
最も規模が大きく壮大で
その優れた建築美に
初めて訪れたぼくたちは
圧倒されたのであった
青空に映える鮮やかな色彩は
正に韓国の色
韓服や韓国刺繍の
極彩色である

人気ガイドのメグミさんは
興礼門の日陰に立って
この王宮は今復元工事の
真っ最中だという
この門も過去二回
一五九二年　豊臣秀吉の
壬辰倭乱による戦火で焼失し
その後再建されるも
一九一〇年　日韓併合により
再び解体されたという
いずれも日本人が
深く関わったということに
ぼくは真っ青になってしまった

復元工事が終わるのは
二〇二五年になるという
それまでぼくらが与えた心の傷は
決して癒えることはないのだろうか

もう過去のことだと
忘れ去ってもよいのだろうか
韓国の首都ソウルの地に立って
ぼくはそう思うのであった

科学がどんなに

ぼくが医師になった頃
ＣＴが普及しはじめ
なんと便利で凄い診断機器が
発明されたのだろうと
驚嘆したものだ

特に耳鼻科医にとっては
これほど頼りになる検査機器はない

この機器を考案した

ハウンズフィールドらが
一九七九年のノーベル生理学・医学賞に
輝いたのも当然であろう

最初に生産されたX線CTは
ＥＭＩスキャナーと呼ばれたが
莫大な研究資金が必要であった

その資金にはなんと
ＥＭＩ社に所属していたビートルズの
記録的なレコード売り上げが
貢献したというのだ

だからCTスキャナーは

「ビートルズによるもっとも
偉大な遺産」とも言われている

ビートルズが音楽を通して
いかに多くの人々に
多大なる恩恵を与えてくれたのか
改めて感銘したのは言うまでもない

さてＣＴの後は
ＭＲＩ　遺伝子診断　ｉＰＳ細胞と
医学の発展はとどまることを知らない

人工内耳だって
今まで聾の患者さんを

治せるなんて考えもしなかったから
画期的な発明といえるだろう

しかしどんなに科学が発達しても
人間同士の諍いが　戦争が
無くならないのはどうしてだろう

案外　人のこころや感情は
進歩発展するものではないのであろう

縄文時代の人たちも
ぼくらと同じような気持ちで
きっとあの蒼い空を仰いでいたに
違いないのだ

シュールな青春時代

詩は短いから書けそうだと
毎日大学ノートに
綴った大学三年生の頃
それまで読んだことのある
詩集は中原中也の一冊だけ

それだからぼくの詩の作風は
中也のエピゴーネン
感傷的な詩が出発だ

そのうちに世の中には
超現実主義という
芸術があることを知り

特段誇れる人生経験も
知識もないぼくは
誰も書いたことの無い
シュールな詩を書きたいと
粋がることになったのである

基礎医学
特に生化学の
小野教授の講義は
ぼくにはさっぱり理解不能で

あろうことか
ロートレアモン伯爵にでもなったつもりで
「解剖台のミシンと傘の偶然の出会い」を念頭に
デペイズマンの技法を駆使しながら
オートマティスムの波に身を委ね
時折耳に入って来る医学用語と
伊藤比呂美の毛根をコラージュして
完成したのが詩篇「毛を抜きたがる少女」であった

一気に書き上げ
すぐさま清書して
前の席で真面目に
講義を聴いている依田君に読んでもらうと
よくわかんないけれどいいいんじゃない　の

お墨付きをもらって気をよくして
応募したその詩が
第三十三回岩手芸術祭文芸大会の詩の部門で
芸術祭賞を受賞してしまったのだ

以来ぼくは何を勘違いしたのか錯覚したのか
主観を排除した偶然性に新たな芸術性を夢見
一見シュールな詩を書きまくることになったのだ

だからぼくの青春時代は
まったくもってシュールな時代と相成った

ちょっと恥ずかしいけれど
とても懐かしい時代でもあったのだ

医学と文学

医学は言ってみれば実の世界
文学は虚の世界である

文学は文字によって構成されるが
文字は抽象的概念であるから
文字は見られることにより
または読まれることにより
頭の中で再構築され
虚像でありながら
実像の如くに想像されるのだ

創造された文章を
想像することが
文学の楽しみでもある
換言すれば思考のエクササイズとも言えよう

医学は経験という実学から発展してきた学問である
しかも抽象的であっては決していけないのだ
個々人で勝手に想像されては困るのだ

そこで医学者は考えた
抽象的な言葉を
具象的な言語に
変えるにはどうしたらよいのだろうと

そして生まれたのが医学用語と言えよう
言葉の抽象性を最大限排除するために
ひとつひとつの医学用語に
詳細な定義を与えたのである
そうすることによって
医学は虚を実に変換してきたのである

医学を学ぶということは
定義されたこれらの医学用語を
まずは覚えることから始まるのだ

昨今この医学用語が
あまりにも膨大な量にふくれあがり
これらを完璧にマスターすることは

不可能な時代に突入してしまった　と
危惧するのはぼくだけではないはずだ

完璧は無理だから
ならば可能な限り
という無責任なことになるのだが
それも致し方ないのだろうか

医学も実だけに固執せず
文学の虚も取り入れなければ
やっていけない時代が
やって来たのだろうか

実に虚心に帰って

ピラ砂丘

学会発表が終わって
ホッとして皆で
ヨーロッパ最大の砂丘を
見学することになった

ボルドーからバスで
一時間ばかりの砂山
平成三年八月の猛暑の中
森のような木立の中を
汗をかきかき登ってゆくと

突如視界が開けて
砂山の頂上に到達した

標高百メートルもある砂山から
見下ろせば真っ青な大西洋
アルカション湾が一望できる
何処までも続く白い砂と
輝くスカイブルー

ぼくはこの広大な
白と青の世界で
一点に
なった　と
感じた

医師の勘

大学の医局に入局して一年目の
まだ研修医時代のことである
医局の緊急事情で
一睡もできなかった翌日
ぼくはそのまま当直に突入していた

夕方一次救急に呼ばれて
Cさんを診察してみると
慢性中耳炎に頭痛を併発しており
耳性の頭蓋内合併症が疑われた

先輩医師に相談して診察してもらうと
念のために
入院させようということになった

ぼくには
何故入院が必要なのだろうかと
多少の疑問も残ったのだが
入院の希望も無いCさんを説得し
何とか入院してもらうことになった
病室は満室
とりあえずは回復室に
便宜的に入院してもらった

主治医が決まるまでの

仮の主治医はぼくである
入院してからのCさんは
頑固な頭痛を頻繁に訴えるので
そのたびにぼくは病棟に呼ばれた

ところがその頭痛が
色々と手を尽くしても
一向に改善を示さず
より悪化してゆくのだった
思い余って他の先輩医師に
相談してみると
経過を見るしかないね
といわれるだけ

しかし経過をみていても
一向に埒が明かない　そこで
入院を決めた先輩医師にもう一度頼み込んで
ベッドサイドまで無理に足を運んでもらった

そして先輩が診察を始めて五分もせずに
Cさんの意識が突然無くなったのだ
驚いたのは先輩である
原因究明のためストレッチャーで
三次救急のCT室に患者さんを搬送する間中
小声で「どうしてなんだ！」を連呼していた

Cさんは意識が無かったため
ぼくが防護衣を着て付き添うことになった

ところがＣＴの最中になんと
Ｃさんの呼吸が止まってしまったのだ
慌てて挿管し人工呼吸器を装着しながら
ＣＴを続行
そうしたらなんと脳幹出血と判明

ちょっとした
医師の勘が繋がって
Ｃさんの突然死は免れたのだが
偶然とはいえあまりの急変に
ぼくは度肝を抜かれたのだ

今でも冷や汗を掻きながら
思い出してしまう事件であった

衣食住

以前テレビを賑わせていた
とある女性占い師が人間の幸福を
一言で表現するとしたら何かと問われ

衣食住と答えていた

あまりにも平凡な回答に
当時は少しびっくりしたのであったが
しかしよくよく考えてみれば
成程なあと思えてくるから不思議である

当節はグルメブームで
グルメ番組の花盛りである
A級からB級　C級まで
食べることに余念がないのは
他の動物と同じように
食べることが生きることに
直結しているからでもある

食べることは人が良くなることだと
字面も証明しているではないか

さてお次は住居なのだが
一時マイホームという言葉が

流行ったりもしたが
家は家族が集う場所
雨露をしのぐだけではなく
言ってみれば憩いの場でもあるのだ

愛を育む場でもあり
子孫を育てる場でもあり
終の棲家でもある
家族が食卓を囲めば
同じ料理もグルメに変身してしまう
そんな魔法の場所でもある

そして最後に衣類であるが
最近は皆さんお洒落になって

色々なファッションコーデを楽しんでいる
次から次へと流行を追ってゆく人も
自分らしさをどこまでも追求する人も
それなりのこだわりがあるから面白い

ファッションは自己主張だ
昨今の女性がはっきりと物事を言うようになり
以前より精神的に強くなったのも
ファッションの力によるのではなかろうか
何故か最近はそう思えてしょうがない

元始　女性は太陽であった
現代　女性は太陽のように
実に　眩しい

鼻出血

耳鼻科医でありながら
鼻出血が怖いというのも
おかしな話だが事実だからしょうがない

顔面は血管が豊富だから
一旦出血すると中々止まらないのだ
ましてや抗凝固剤を服用している場合は
止血剤も使えないから
こちらが真っ青になってしまう

血気盛んな頃はぼくも
多少の出血にたじろぐことはなかったのだが
年々齢を重ねるごとに
出血が怖いと思うようになった

血液の赤は単なるヘモグロビンの色ではない
危険信号の赤なのだ
その先に死が垣間見えるのも当然ではなかろうか

出血すると血圧は
さらにヒートアップし
出血を助長する
そしてぼくのアドレナリンも上昇する

鼻出血は怖い
しかし耳鼻科医のぼくが止めないで
誰が止めるのだと
自分で自分を叱咤激励

出血部位を急いで確認する
鼻腔入口部のキーゼルバッハ部位なら
ひとまず安心だ
電気凝固で何とか止血できるからだ

奥からの出血となると大変だ
鼻腔ファイバーで出血点を捜し
長いガーゼをびっちりと挿入し
圧迫止血することになる

それでも止血しない場合は
ベロックタンポンといって
紐のついた巨大なガーゼを
咽頭からも押し込むことになる

幸い三十五年間の耳鼻科医人生で
止血できなかった症例はなかったが
同じ鼻出血といってもこのように千差万別なのだ

ぼくは最近
医師は少し臆病な方がいい
と何故か
真剣にそう思うようになった

メメント・モリ

とはラテン語で
「死を思え」と訳されるが
とかくぼくたちは死を
日常的には意識しない
それは本能であるといってもよい

この言葉が意味することとは
どうせいずれは死ぬのだから
享楽的に生きろという意味なのか
どんなに栄華をきわめた人にも

平等に死が訪れるのだから
自己を戒めて生きろという意味なのか
ぼくには解らない

職業柄ぼくは
どうしても死を意識せざるを得ない
延命は医師に課せられた責務であり
社会的考慮より
科学的根拠に従い
生存時間の延長を
最優先するよう
倫理的な教育を受けてきたのである

つまり死は

ぼくにとって
生の対立概念であった

詩人の田村隆一は
「死よ、おごる勿れ」の
絶筆を書き残して鬼籍に入った
何と天晴れな最期だろうと
いつも思っていた
彼は死に立ち向かい
死と戦い
生を全うしたのである

ところが
父を自宅で看取ってから

死は恐ろしいものではなくなった
死は忌み嫌うものでもなくなったのだ
死は生の一部分なのだと
強く自覚するようになった

勿論
病気や不慮の事故で
思いがけない死が訪れることも
あるではあろうが
それでも
その人の死は
その人の生なのである

人は

一人で生まれて
一人で死んでゆく
それが人生であり
自然の摂理なのだ

つまり死は
誕生と同じように
苦しみを伴った
祝祭といって
よいのだ

橋を観に行った

五月
妻と錦帯橋を観に行った
錦川の河原に車を止めると
雲一つない真夏のような空に
美しい五連木造の
アーチ橋の全景が見渡せた

全長一九三・三メートル
一六七三年に落成したというから驚きだ
これまで幾度も架け替え工事が

繰り返されてきたというから
この橋を守りぬいてきた人々の
努力に頭が下がった

橋の中ほどで
下を覗くと
清く透き通った川面に
沢山の魚の動きが
手に取るように分かった

橋の柔らかい曲線と
周囲の山々の緑
壮大な川の流れ

日本三大名橋や
日本三大奇橋の一つに
数えられるのも容易に頷けた

七月
妻と鶴の舞橋を観に行った
鶴田町は詩人の高橋玖未子さんが
住む町である
あいにく天気は曇り空で
津軽富士見湖は
雄大な岩木山の影を
映し出してはくれなかった

全長三〇〇メートル

一九九四年七月ぼくらが十和田市に
帰郷して開業した年に落成したのだ
木橋としてはなんと日本一長い
三連太鼓橋なのである

二〇〇二年六月詩人の小山正孝夫妻が
念願の弘前旅行の際に
この橋を訪れたと
妻の常子さんが
エッセイに書き残している

正孝は旧制弘前高校を
卒業しているので
弘前はいわば青春の故郷

よほど感激したのか
雪の降る十一月にも
もう一度ふたりでこの橋に来ようね
と約束していたのだが
なんとその十一月に他界してしまったのだ
ふたりの無念はいかばかりであったろうか

ぬくもりのある木橋を妻と渡りながら
心の架け橋という言葉が
ふと頭の端をよぎった
何と殊勝なことをとその時は
何故か気恥ずかしく
思ったのであった

虎猫と鴉

父の一周忌を
無事終えた次の日の朝である
妻と二人で玄関前の掃除をしていると
今まで見たことも無い
恰幅のいい虎猫が
ぼくらの近くに来てちょこんと座るのである
しかも笑っているのである
その笑顔はまさに
あの父の笑顔であった
寅年の父が虎猫になって

ごくろうさんだったねと
ねぎらいを言いに来たのである
ぼくらはふたりとも
一瞬にしてそう理解した

母は比較的早くに亡くなったので
我が家の仏事の一切は
長男の嫁である妻に
重くのしかかってきた
お盆の支度から
お墓の掃除まで
なんで私がと思いながらも
必死でこなしてきたのである
几帳面な妻は月命日にも

必ずお墓の掃除に出向いた

妻がお墓の掃除をしていると
いつのまにか一羽の鴉が
彼女を見守るようになったという
そのうちにその鴉との
会話が始まったのである
その鴉は何と
彼女の話が解るというのである
ぼくはそんなことはありえない
それじゃまるでドリトル真弓先生だね
とまるで信じてはいなかった

お墓の掃除が終わると

妻はいつもその鴉のために
所定の位置に饅頭を一つ
置いてゆくというのである
話し相手になってくれたお礼なのだ
そして彼女が帰ろうとすると
スーッと舞い降りてきて
その饅頭を咥え
飛んでゆくというのである

その鴉がである
父が亡くなってから
ぱったりと姿を見せなくなったのである
ああそうか
あの鴉は酉年の母であったのだ

あのお洒落な母にとっては
不本意きわまりなかったろうが
真っ黒な鴉に身を変えて
ぼくらのことを見守っていたのだ

母も淋しかったのだろう
父があの世に来てくれて
ホッとしているに違いない
積もる話に夢中で
きっと　もう鴉に身を変えて
現世に現れる暇も無くなったのだ

詩集　目下のところ

畢

あとがき

詩が好きでたまらないのに、なかなか詩を書けないのは何事につけても面倒くさがり屋のこの性格に起因しているような気がする。だから、締め切りがないと詩を書こうとしないのは当然の成り行きで、「上十三医師会誌」の年四回、「青森県詩集」並びに「詩と思想」の年一回は貴重な締め切り日としてぼくのなかでは君臨している。ならばもっと色々な同人誌に加入して執筆の機会を増やせばよいのだろうが、それも多忙にかまけて積極的にはなれず今に至っている。

そんな折、今年の初めに弘前の詩誌「亜土」を編集されている工藤浩司さんから同人加入のお誘いを受けた。平成二十七年に「朔」が終刊となってから無所属になっていたぼくは渡りに船とその勧誘をありがたくお受けし、早速一一七号から参加させていただくことになった。
　前詩集発刊から六年の歳月が過ぎ、寡作とは言え五十七篇の詩篇が集まったので、その中から三十三篇を選んでまとめてみた。今回の詩集で七作目となるが、青春時代のシュールな詩から遊戯的な詩、そして現在の日常的な詩風へとその作風も年齢とともに変化してきたように思う。これからも変化して行くのかもしれないが、目下のところは今の作風で書いて行こうと思っている。詩集作成は今回もふらんす堂にお願いした。いつも素敵な詩集に仕上げてくださる社主の山岡喜美子氏、装幀者の君嶋真理子氏、スタッフの横尾文己氏に深く感謝いたします。

令和五年　春待月

小　笠　原　眞

初出一覧

目下のところ	青森県詩集　青森２０２３年版	令和五年十一月
詩はどのようにして生まれるのか	亜土　118号	令和五年九月
鷺の恩返し	亜土　118号	令和五年九月
装幀思案	亜土　118号	令和五年九月
郭公	上十三医師会誌　133号	令和五年七月
タイムロス	上十三医師会誌　133号	令和五年七月
続・ぼくの在籍した同人誌	亜土　117号	令和五年五月
墓碑銘	詩と思想	令和五年五月
熟成詩	上十三医師会誌　131号	令和五年一月
ぼくの在籍した同人誌	上十三医師会誌　128号	令和四年四月
どんな詩も	上十三医師会誌　127号	令和四年一月
じーじは？	上十三医師会誌　126号	令和三年十月
忍ぶ川	詩と思想	令和三年五月
引き算から生まれる幸せ	上十三医師会誌　124号	令和三年四月
ぼくの家	上十三医師会誌　124号	令和三年四月
杜のすず	上十三医師会誌　123号	令和三年一月

井川さんの八戸旅	上十三医師会誌　123号	令和三年一月
ハカ	上十三医師会誌　120号	令和二年四月
負の遺産	上十三医師会誌　119号	令和二年一月
桜ソング	青森県詩集　青森２０１９年版	令和元年十一月
人生は	上十三医師会誌　118号	令和元年十月
遺跡巡り	上十三医師会誌　117号	令和元年七月
景福宮	詩と思想	令和元年五月
科学がどんなに	上十三医師会誌　116号	令和元年五月
シュールな青春時代	上十三医師会誌　113号	平成三十年七月
医学と文学	上十三医師会誌　113号	平成三十年七月
ピラ砂丘	県詩連詩集『岬』２０１８年版	平成三十年五月
医師の勘	上十三医師会誌　111号	平成三十年一月
衣食住	上十三医師会誌　111号	平成三十年一月
鼻出血	青森県詩集　青森２０１７年版	平成二十九年十一月
メメント・モリ	上十三医師会誌　110号	平成二十九年十月
橋を観に行った	上十三医師会誌　110号	平成二十九年十月
虎猫と鴉	上十三医師会誌　109号	平成二十九年七月

著者略歴

小笠原　眞（おがさわら・まこと）

1956年　青森県十和田市生まれ
1975年　青森県立八戸高校卒業
1982年　岩手医科大学医学部卒業

1979年　第33回岩手芸術祭文芸大会芸術祭賞受賞
1988年　第１詩集『一卵性双生児の九九』（点点洞）
2002年　第２詩集『あいうえお氏ノ徘徊』（ふらんす堂）にて第24回青森県詩人連盟賞受賞
2005年　第３詩集『48歳のソネット』（ふらんす堂）
2008年　第４詩集『極楽とんぼのバラード』（ふらんす堂）
2011年　第５詩集『初めての扁桃腺摘出術』（ふらんす堂）
2014年　ちょっと私的な詩人論『詩人のポケット』（ふらんす堂）にて第10回青森県文芸賞受賞
2017年　第６詩集『父の配慮』（ふらんす堂）
2020年　すこし私的な詩人論『続・詩人のポケット』（ふらんす堂）

「亜土」同人、青森県詩人連盟副会長、日本現代詩人会会員

現住所　〒034-0091　青森県十和田市西十一番町22-11
E-mail　makoto91@seagreen.ocn.ne.jp

詩集　目下のところ　もっかのところ

二〇二三年一二月一日　初版発行

著　者——小笠原　眞

発行人——山岡喜美子

発行所——ふらんす堂

〒182-0002 東京都調布市仙川町一—一五—三八—二F

電　話——〇三（三三二六）九〇六一　FAX 〇三（三三二六）六九一九

ホームページ http://furansudo.com/　E-mail info@furansudo.com

振　替——〇〇一七〇—一—一八四一七三

装　幀——君嶋真理子

印刷所——三修紙工㈱

製本所——三修紙工㈱

定　価——本体二〇〇〇円＋税

ISBN978-4-7814-1604-5 C0092 ¥2000E